BARDINE

LE MONSTRE,

OU

LES FUNESTES EFFETS

De l'Envie des Richesses;

RENFERMANT AUSSI

Mémoires intéressans du malheureux Marquis de Berville.

PAR L. R...

PARIS.

CHASSAIGNON, IMPRIMr-LIBRAIRE,
RUE GÎT-LE-CŒUR, 7.

1839.

Bardink donna le signal aux scélérats dont il était le chef, afin que l'on nous conduisît dans ce vaste cachot...;

BARDINK

LE MONSTRE,

OU

LES FUNESTES EFFETS

De l'Envie des Richesses;

RENFERMANT AUSSI

Mémoires intéressans du malheureux Marquis de Berville.

PAR L. R...

PARIS.

CHASSAIGNON, IMPRIMr-LIBRAIRE,

RUE GÎT-LE-CŒUR, 7.

1839.

IMPRIMERIE DE CHASSAIGNON,

RUE GIT-LE-CŒUR, 7.

BARDINK LE MONSTRE,

OU

LES FUNESTES EFFETS

De l'Envie des Richesses.

CHAPITRE PREMIER.

Introduction. — Deux Amis se retrouvent.

Enfermé dans mon cabinet, enfoncé dans mon fauteuil, qui n'a rien de commun avec les siéges des quarante élus, je relisais Plutarque et les Ruines de Volney, et je m'enfonçais peu à peu dans de profondes méditations sur le sort des grands hommes et des empires, lorsqu'on vint m'annoncer le marquis de Berville, un de mes amis de collége : je me fis répéter plusieurs fois le nom du marquis, et mon étonnement redoublait à chaque seconde. Le marquis de Berville était à peine âgé de dix-huit ans, lorsque la révolution éclata. A cette époque, il passa en Angleterre avec toute sa famille, et là, il s'embarqua pour les Indes, où un de ses oncles avait amassé une fortune immense. Son voyage fut très-heureux; son oncle, qui n'avait pas d'enfant, se tint pour le plus heureux des hommes de posséder son neveu, et il mit tout en œuvre pour lui faire oublier les malheurs de sa patrie et de sa famille. J'avais fait mes études à Sainte-Barbe, en même temps que le jeune de Berville; l'uniformité de notre caractère et de nos goûts nous avait intimement liés, et le plus vif chagrin présida à notre séparation, lors de l'émigration de mon ami. Je reçus plusieurs lettres du jeune marquis pendant son séjour en Angleterre ; il m'écrivit même plusieurs fois de l'Inde ; mais au bout de quatre ans, je cessai de recevoir de ses nouvelles, et, dans la suite, j'appris qu'un vaisseau, sur lequel il s'était embarqué, pour revenir en Europe, avait péri corps et biens. D'après cela, il est facile de se faire l'idée de la surprise que me causait le retour d'un ami que je croyais avoir perdu depuis si long-temps. André avait déjà décliné dix fois le nom du marquis, et je cherchais encore à me convaincre que je n'étais pas abusé par un songe, lorsque mon vieil ami, impatient de me revoir, entra subitement, et vint se jeter dans mes bras. Après les premiers épanchemens de deux amis qui se retrouvent après une séparation de plus de trente ans, je cherchai sur le visage du marquis à reconnaître les traits du jeune de Berville, et

Je m'aperçus avec douleur que le temps avait fait sur lui de terribles ravages. J'avais vu à mon ami des yeux vifs, un teint clair, un visage riant; maintenant, ses yeux enfoncés paraissaient éteints, les chagrins semblaient avoir gravé les rides profondes qui sillonnaient son front, et la pâleur de son visage faisait juger qu'il était dévoré par quelque douloureuse maladie. Au plaisir de retrouver mon ami, succéda bientôt la douleur de le voir dans un état de langueur qui annonçait assez la situation de son âme, et je ne pus lui cacher la fâcheuse impression que son aspect avait fait sur moi.

« O mon ami, me dit-il, vous voyez sur mon visage les traces que le malheur y a laissées: j'ai bu jusqu'à la lie la coupe de l'infortune! La seule espérance de bonheur qui me restait était de retrouver un ami qui fermât ma paupière et qui versât quelques larmes sur le tombeau qui renfermera bientôt mes dépouilles mortelles : cette espérance vient de se réaliser ; maintenant j'attendrai, sans le désirer ni le craindre, le moment où mon âme brisera la faible barrière qui la retient encore. »

Après ce peu de mots, le marquis se tut ; sa tête tomba sur sa poitrine, quelques larmes vinrent mouiller sa paupière, et il parut accablé du poids de ses réflexions. Il resta quelques instans dans cette situation, puis portant sa main sur son front, il chercha à rassembler ses idées, et s'étant recueilli encore pendant quelques minutes, il reprit ainsi :

« Il vous souvient, mon ami, de la dernière lettre que je vous écrivis : je vous parlais des jours heureux que je passais chez mon oncle ; il ne manquait alors à mon bonheur que de pouvoir embrasser mes parens et mes amis ; mais cette absence de ce que j'avais de plus cher, empoisonnait tous les plaisirs que pouvait me procurer la fortune immense que mon oncle possédait, et dont je pouvais disposer comme lui. Bientôt nous apprîmes que notre patrie respirait enfin, que le sang avait cessé de couler, et que la terrible anarchie avait quitté le sol chéri de la France. Ces nouvelles s'étant confirmées, mon oncle céda enfin à mes instances, et au désir qu'il avait lui-même de revoir le berceau de son enfance. Il vendit la plus grande partie de ses propriétés, mit un bon régisseur à la tête des établissemens qu'il jugea à propos de conserver, et nous nous embarquâmes sur le vaisseau *l'Espérance*, qui fit voile pour l'Angleterre, avec laquelle nous étions en paix depuis quelques mois, et où j'espérais de retrouver mon père et ma mère. Mes malheurs datent de cette époque fatale dont le souvenir rouvre toutes les blessures de mon cœur.

Le bâtiment que nous montions appartenait à mon oncle, le vicomte de Berville, qui avait placé toute sa confiance dans un nommé Léonard, contre-maître de ce navire. Ce dernier, malgré la confiance dont l'honorait mon oncle, n'avait point capté ma bienveillance.

Un sentiment que je ne pouvais définir m'éloignait de cet homme : il avait dans le regard je ne sais quoi de farouche qui me rendait sa présence insupportable, et il s'aperçut facilement de l'impression désagréable qu'il faisait sur moi. Quoi qu'il en soit, je ne fis point part au vicomte de mes sentimens, je me contentai d'éviter le contre-maître autant que cela m'était possible.

Déjà, depuis dix jours, nous étions en mer; le temps était superbe, le vent passable, et tout semblait nous présager un heureux voyage, lorsqu'une nuit mon oncle se sentit gravement incommodé ; en un instant les douleurs qu'il ressentait dans les entrailles devinrent si violentes, qu'elles lui arrachèrent des cris ; ma chambre était près de la sienne, j'entendis les plaintes du vicomte, et je fus bientôt auprès de lui.

Deux domestiques et un mousse étaient déjà dans sa chambre lorsque j'y entrai ; nous avions à bord un médecin ; mais soit avec ou sans intention, on ne l'avait point éveillé, et les domestiques se contentaient de faire avaler du thé et du rhum à leur maître. L'état dans lequel je trouvai le vicomte m'alarma beaucoup ; je témoignai ma surprise et mon mécontentement de ne point voir le médecin près de lui, et je sortis sur-le-champ pour l'aller chercher moi-même. Comme je passais dans l'entrepont, j'entendis une voix que je reconnus aussitôt pour celle de Léonard ; je m'arrêtai pour entendre quelque chose de ce qu'il disait ; mais je ne pus saisir que ces paroles, qu'il prononça à demi-voix : « Je l'avais bien prévu ! il n'y en avait pas assez.

—Que voulez-vous, répondit une autre voix, que je ne reconnus pas, ce diable d'homme a un tempérament infernal. On ne pouvait s'attendre à cela. »

Cette singulière conversation me fit frémir, une sueur froide mouilla mon visage, et mes cheveux se dressèrent à la seule pensée du crime qu'elle semblait me dévoiler. Quoi qu'il en soit, je continuai à me diriger vers la chambre du médecin. ayant soin de marcher avec précaution, afin de ne pas faire connaître à Léonard que je l'avais entendu. Arrivé à la cabine du docteur, un mousse m'apprit qu'il en était sorti depuis plus d'une heure. Cette circonstance semblait confirmer mes soupçons : l'homme qui s'entretenait avec Léonard, n'était-ce pas le médecin lui-même ? Mon oncle est empoisonné, m'écriai-je !

heureusement le mousse qui était présent n'entendait pas le français. Je retournai sur-le-champ chez mon oncle, et, à ma grande satisfaction, j'y trouvai le médecin qui prodiguait ses soins au vicomte; ce dernier m'assura que ses souffrances étaient beaucoup diminuées; cela me tranquillisa un peu.

Le docteur me dit que les douleurs que le malade ressentait, étaient l'effet d'une digestion difficile, et il parut persuadé que cette indisposition n'aurait point de suites fâcheuses. Tout cela diminua beaucoup mes soupçons; cependant les paroles du contre-maître et de son interlocuteur, ne me sortaient point de la pensée : je les commentais sans cesse, et je n'en pouvais trouver le sens qu'en les rattachant à mes premiers soupçons.

Le lendemain, les douleurs qu'éprouvait le vicomte étaient encore diminuées; mais elles n'avaient pas entièrement cessé. Le malade se sentait considérablement affaibli, il ne put quitter le lit de tout le jour, et sa situation n'annonçait pourtant pas une prompte guérison.

Le quinzième jour de notre navigation, mon oncle n'éprouvant pas de mieux sensible, le médecin proposa de relâcher à la Guadeloupe, dont il vantait le climat : il lui parla en même temps d'un lord Darbink, habitant de l'île et son ami ; il assurait que le vicomte en serait bien reçu.

Le vicomte n'eut pas un instant la pensée qu'on avait l'intention d'attenter à ses jours ; Léonard continua de posséder sa confiance, et mes soupçons commençaient même à s'affaiblir beaucoup, lorsque nous arrivâmes à la Guadeloupe, théâtre de mes malheurs et tombeau de ce que j'avais de plus cher au monde.

Ici, le marquis s'attendrit de nouveau ; de profonds soupirs qui s'échappaient de sa poitrine, marquaient que son âme était déchirée par la plus vive douleur ; et il fut contraint de remettre à un autre moment la suite du récit de ses malheurs. Si j'avais d'abord éprouvé un grand plaisir à retrouver mon ami, que je croyais avoir perdu pour toujours, je fus alors vivement affecté de la situation morale et physique dans laquelle je le voyais.

J'essayai de lui offrir quelque consolation, bien que je ne connusse pas encore ses maux, et lorsqu'il fut devenu un peu plus calme, il continua le récit de ses aventures de la manière suivante.

CHAPITRE II.

Arrivée à la Guadeloupe. — Amours du marquis. — Les soupçons semblent se confirmer.

A notre arrivée à la Guadeloupe, nous fûmes présentés, par le médecin, à M. Darbink, qui nous accueillit avec beaucoup d'égards, et déclara qu'il ne souffrirait pas que nous occupassions une autre maison que la sienne, pendant notre séjour dans l'île. Il disait avoir de grandes obligations à notre médecin, qui lui avait sauvé la vie dans un voyage qu'il avait fait aux Indes, et il lui dit qu'il le remerciait de s'être ressouvenu de lui, et de lui avoir procuré l'honneur de faire notre connaissance. Nous nous établîmes donc chez milord Darbink; mais le jour même de notre installation, je remarquai entre l'Anglais et le docteur quelques signes d'intelligence, qui vinrent de nouveau troubler ma sécurité. Néanmoins je ne pouvais me résoudre à faire part de mes craintes à mon oncle avant d'avoir acquis quelque certitude à cet égard.

Le vicomte était un excellent homme, mais brusque et emporté. Avant de se livrer au commerce, il avait servi avec honneur dans la marine, et son caractère se ressentait beaucoup de son ancienne profession : il eût eu quelque peine d'abord à croire son contre-maître, et tous les gens qui l'entouraient, coupables d'un si énorme crime; mais si quelque apparence fût venue appuyer mes conjectures, il était capable de rompre en visière sans ménagement à des gens qui pouvaient être très-innocens. Je jugeai donc prudent de garder le silence, et je me contentai encore d'épier les actions des gens avec lesquels nous étions obligés de vivre. Bientôt un sentiment que jusque-là je n'avais pas éprouvé, vint, si non détruire mes conjectures, au moins les affaiblir considérablement. Milord Darbink avait une fille charmante : seize ans, de l'esprit, des grâces, telles étaient les qualités de l'aimable Clary; elle ressentait l besoin d'aimer, l'amour nous embrasa en même temps de tous ses feux, et nos cœurs ne tardèrent pas à s'entendre : quiconque a goûté le bonheur d'être aimé par l'objet le plus aimable, peut se faire l'idée des jours délicieux que je passai près d'une maîtresse adorée. Le sentiment de ma félicité absorbait toutes mes facultés ; j'étais heureux, et je ne soupçonnais même pas que je pusse cesser de l'être.

Cependant la santé de mon oncle périclitait de jour en jour. M. Darbink avait à quelques lieues dans les terres une propriété charmante, située dans un endroit très-romantique. Depuis quelques jours nous habitions cette campagne, qui paraissait convenir beaucoup au vicomte; il pria même M. Darbink de la lui vendre; mais celui-ci ne voulut pas consentir à se défaire de cette propriété.

Tout semblait nous inviter à prolonger notre séjour dans l'île. Notre bâtiment, qui était en rade, entra dans le port, et mon oncle fit débarquer la plus grande partie des richesses qu'il contenait. Pour moi, je voyais avec plaisir reculer l'instant qui devait me séparer peut-être pour toujours de ma chère Clary, et je n'avais garde de me plaindre de la résolution que mon oncle semblait avoir prise de prolonger son séjour à la Guadeloupe ; d'ailleurs la santé du vicomte était loin, ainsi que je l'ai déjà dit, de s'améliorer, et bientôt elle fut de nature à me donner les plus vives inquiétudes.

Jusqu'alors le médecin que nous avions amené de l'Inde, avait seul traité le malade; mais enfin, les craintes que la situation alarmante de ce dernier venait de faire naître en moi, jointes à mes anciens soupçons, me donnèrent l'idée de le faire congédier, ou du moins de lui adjoindre un autre docteur. Ce fut à ce dernier parti que je m'arrêtai ; je madressai donc au médecin à cet ffet.

« Monsieur, lui dis-je, personne ne rend plus que moi justice à vos talens; mais vous voyez que la santé de mon oncle, loin de se rétablir, devient chaque jour plus mauvaise; je pense donc qu'en cette circonstance, il serait bon de vous adjoindre un médecin de ce pays; la réunion de vos lumières à celles d'un collégue ne pourrait qu'être favorable au malade : c'est au moins mon avis, et je suis persuadé que ce sera le vôtre. »

Tandis que je parlais, j'avais les yeux fixés sur le visage du médecin, et il me fut aisé de remarquer que ma proposition était loin de lui plaire.

« Monsieur, me répondit-il, si le vicomte le juge à propos, il peut se faire traiter par un autre que moi; mais je ne consentirai jamais à ce que vous me proposez, tant que je ne le jugerai pas nécessaire : ce serait donner une preuve d'incapacité qui me perdrait de réputation.

Ces paroles ne m'en imposèrent point; je vis clairement que cet homme craignait les yeux exercés d'un confrère, et je le quittai afin de prendre à son égard une résolution invariable qui me délivrât des craintes qui me tourmentaient depuis si long-temps.

J'étais descendu dans le jardin, afin de donner un libre cours à mes tristes réflexions, et m'arrêter au parti que je croirais être le plus sage dans ces circonstances; à peine avais-je fait quelques pas vers un bosquet dont l'ombrage pouvait me garantir de l'ardeur du soleil, que je rencontrai Clary.

— Qu'avez-vous, M. de Berville ? me dit-elle en m'abordant, je vous trouve bien agité; monsieur votre oncle serait-il plus mal ?

— En effet, ma chère Clary, c'est là le sujet de l'agitation que vous remarquez en moi; les plus noirs pressentimens m'agitent : la perte de mon oncle me paraît presque certaine, et je vois tous ceux qui l'entourent indifférens sur sa situation; cela n'est point naturel. La crainte du terrible malheur qui me menace me fait faire les plus noires réflexions; je sens le besoin de confier ces réflexions à un ami, de le consulter, et peut-être de prendre une résolution hardie, dans laquelle cet ami pourrait me soutenir; mais je vois autour de moi, tout frappé d'insensibilité...

— Ah! mon ami, que ce reproche est injuste! quoi! vous pourriez croire que Clary fût insensible aux maux que vous souffrez? Clary, qui est prête à tout sacrifier pour vous! Clary qui donnerait sa vie pour vous rendre heureux!... Ah! M. de Beryille, qu'ai-je donc fait pour mériter l'opinion que vous avez de moi? rien, sans doute; mais je puis faire beaucoup pour vous prouver combien vous êtes injuste, et jusqu'à quel point la malheureuse Clary vous chérit. Oui, c'en est fait! je sacrifie tout! je me sacrifie moi-même; car lorsque vous m'aurez entendue, peut-être ne m'aimerez-vous plus; mais je vous aurai donné la plus grande preuve d'amour qui soit en mon pouvoir.

Tandis que Clary parlait, de grosses larmes s'échappaient de ses beaux yeux et coulaient sur ses joues de roses. Je cherchai à la rassurer sur mes sentimens, je lui jurai vingt fois que mon cœur était à elle tout entier, et que je cesserais certainement de vivre avant qu'elle cessât de m'être chère; enfin j'employai tout pour la persuader de la sincérité de mon amour; mais, en même temps, je la pressai de s'expliquer : ce qu'elle venait de dire, et l'agitation que je remarquais en elle, piquaient vivement ma curiosité. Qu'allais-je apprendre? Mes soupçons allaient-ils se confirmer? Mon oncle et moi étions-nous entourés d'ennemis? Et M. Bardink lui-même n'était-il que le chef du complot ? Ces réflexions se présentaient rapidement à ma pensée, et j'attendais avec la plus vive anxiété que Clary s'expliquât ; mais les larmes et les sanglots qui la suffoquaient ne lui permettaient pas de commencer le récit qu'elle voulait me faire. Ce ne fut que plusieurs heures après, et dans le silence de la nuit, qu'il lui fut possible de l'entreprendre.

CHAPITRE III.

Histoire de Clary.

Clary, qui avait enfin cessé de pleurer, se recueillit un instant et parla en ces termes :

« Les révélations que je vais vous faire sont, ainsi que je vous l'ai dit, la plus grande preuve d'amour que je puisse vous donner ; mais en outre, elles pourront vous préserver des dangers qui peut-être vous menacent, et cette dernière considération suffirait pour me faire rompre le silence. C'est mon histoire que je vais vous faire, histoire qui, par elle-même, est fort peu intéressante ; mais qui, à cause des circonstances qui s'y rattachent, peut vous être d'une grande utilité.

« M. Bardink n'est point mon père : je dois le jour à un officier de marine anglais, et j'étais encore au berceau lorsqu'il mourut. Ma mère quitta alors Porsmouth, et vint habiter Londres, où elle loua un appartement dans la Cité. Monsieur Bardink, qui se donne aujourd'hui le titre de *lord*, était tout simplement un négociant qui demeurait près de nous, et qui, dans sa jeunesse, avait connu mon père. Cette dernière circonstance fut le prétexte des premières visites qu'il fit : bientôt ces visites devinrent très-fréquentes; enfin M. Bardink, qui était veuf depuis plusieurs années, demanda et obtint la main de ma mère. J'avais à peine six ans lors de cet événement; et mon jeune âge fut cause que je n'en ressentis ni peine ni plaisir.

« Quelques années se passèrent ainsi; mais lorsque j'eus atteint mon deuxième lustre, je commençai à m'apercevoir que ma mère n'était pas heureuse : souvent je la trouvais dans son appartement, le visage baigné de larmes; elle semblait être dévorée du plus grand chagrin ; cependant je ne pouvais attribuer cela aux mauvais traitemens de M. Bardink ; car depuis long-temps il paraissait à peine chez lui : il ne se mêlait plus de commerce ; ses amis, qui étaient nombreux, l'entraînaient dans des réunions et des parties de plaisir qui l'empêchaient de s'occuper d'autre chose. Une telle conduite ne pouvait durer long-temps encore : car M. Bardink, qui n'était pas riche, avait tout-à-fait renoncé au commerce, et la fortune que ma mère lui avait apportée ne pouvait suffire à la dépense énorme que nécessitait un pareil genre de vie.

«Ma mère avait un oncle fort riche, très âgé, et dont elle était l'unique héritière. M. Belson (c'était le nom de ce vieillard) vivait seul dans une campagne peu éloignée de Londres, et ne venait que très-rarement chez M. Bardink, qui, de son côté, ne le visitait pas souvent; mais peu-à-peu les voyages de M. Bardink chez l'oncle de ma mère devinrent plus fréquens, et ma mère, qui aimait cependant son oncle, ne paraissait pas voir avec plaisir ce rapprochement.

« M. Belson venait aussi plus fréquemment à Londres, il y passait même des semaines entières, et pendant les séjours qu'il y faisait, M. Bardink restait chez lui, ne voyait aucune de ses connaissances, et menait une conduite exemplaire. Le bon oncle, enchanté des mœurs de son neveu, ne savait à quoi attribuer la tristesse qui accablait ma mère, et qu'il était impossible de ne pas remarquer; il lui fit même quelques reproches à ce sujet, reproches auxquels madame Bardink ne répondit que par des larmes.

« Cependant je commençais à me former, ma raison prenait de l'essor, et je vis bientôt quel était le sujet des chagrins de ma mère ; ses diamans, ses bijoux, et même les miens avaient disparu; chaque jour plusieurs hommes de loi venaient à la maison, et lorsque M. Bardink s'y trouvait, il s'élevait entre lui et eux, des contestations très-vives, et qui prouvaient assez le mauvais état des affaires de mon beau-père. M. Belson était le seul qui ne savait rien de cela; lorsqu'il était à la maison, on avait grand soin d'écarter tout ce qui pouvait lui donner quelque idée des affaires de son neveu. Enfin, à la sollicitation de ce dernier, M. Belson consentit à passer l'hiver à Londres, ce qui fit grand plaisir à ma mère, qui aimait son oncle autant qu'elle en était aimée. Hélas! elle était loin de s'attendre aux terribles suites de la condescendance du vieillard.

« M. Belson avait son appartement dans la maison que nous occupions, et il mangeait avec nous. Un jour, M. Bardink avait invité quelques uns de ses amis à dîner : au nombre de ces derniers était un médecin, et si ma mémoire me sert bien, ce médecin est celui que vous avez amené de l'Inde.

« Le dîner fut splendide, et ne s'accordait guère avec la situation des affaires de mon beau-père. Lorsqu'on eut apporté le dessert, ma mère et moi, qui étions seules de femmes, nous nous retirâmes; au bout de deux heures, la plupart des convives se retirèrent aussi, et bientôt mon beau-père et mon grand oncle restèrent seuls à table. Immédiatement après avoir quitté la salle à manger, je m'étais retirée dans ma chambre, et au bout de quelques instans je me ressentis d'un léger mal de tête, ce qui fut cause que je me mis au lit. Déjà le sommeil commençait à appesantir ma paupière, lorsqu'un bruit confus vient frapper mon oreille; j'écoute attentivement, la rumeur semble s'accroître; ma chambre n'était séparée que par une cloison de la chambre de ma mère, et comme je prêtais une oreille attentive, j'entendis distinctement les sanglots et les cris de madame Bardink; effrayée, je m'élance hors de mon lit, et je me dirige vers la salle à manger, d'où le bruit semblait venir : la porte était entre-ouverte, et à la clarté des bougies, je vis M. Belson étendu sur le plancher; un homme, que je reconnus pour le médecin dont j'ai déjà parlé, paraissait secourir le vieillard; tandis que M. Bardink faisait tous ses efforts pour contenir ma mère, qui semblait être agitée par la fureur et le désespoir.

« Déjà j'étais tout près de la porte qui, ainsi que je l'ai dit, était entre-ouverte, lorsque j'entendis ma mère s'écrier : « Malheureux ! vous avez empoisonné mon oncle ! » A peine eut-elle adressé à M. Bardink cette foudroyante apostrophe, que je vis un poignard briller dans la main de ce dernier; son bras était levé, il allait frapper, lorsque, ne pouvant supporter la vue de cette horrible scène, je tombai évanouie. »

Le marquis de Berville en était là de son récit, lorsqu'il s'interrompit. « Ma frêle existence, me dit-il, déjà si fortement ébranlée par les tempêtes de l'adversité, ne saurait résister aux émotions fortes et douloureuses que le récit de mes malheurs ferait succéder trop rapidement les unes aux autres. J'ai besoin de quelques instans de repos, non pour rappeler à ma mémoire les divers événemens de ma vie : le malheur les a gravés dans mon âme en caractères ineffaçables, mais pour ne pas succomber aux douleurs aiguës qui me déchirent le cœur. »

Le marquis ajouta qu'il se proposait de continuer son récit le lendemain. Je lui témoignai de mon côté tout l'intérêt que je prenais à ses malheurs, et tout le désir que j'avais d'entendre la suite de son intéressante histoire ; après quoi il partit en me promettant de nouveau de ne pas manquer au rendez-vous du lendemain : nous verrons dans le chapitre suivant, que le marquis tint parole.

CHAPITRE IV.

Suite de l'histoire de Clary. — Son départ de Londres. — Son arrivée à la Guadeloupe. — Fin de son histoire.

Le récit du marquis, et la situation déplorable dans laquelle paraissait être la santé de mon vieil ami, me laissèrent dans l'âme une teinte mélancolique que je ne pus dissiper, et que, selon toute apparence, le récit du lendemain ne pouvait qu'augmenter encore; cependant j'attendis avec impatience l'heure à laquelle M. de Berville m'avait promis de venir, et je crus sentir que le chagrin lui-même a un charme secret dont les âmes sensibles ressentent l'influence. Sans doute, biens des gens ne me comprendront point, et ne verront dans cette phrase que du galimathias romantique; car il faut avoir ressenti l'influence dont je parle, pour me comprendre, et, encore une fois, cela n'est pas donné à tout le monde.

M. de Berville fut exact : le temps était superbe, j'invitai mon vieil ami à faire un tour dans mon jardin ; il accepta, et, pendant cette promenade, il reprit son récit de la manière suivante :

« Vous savez, mon ami, dans quelle situation nous avons laissé hier la charmante Clary ; c'est donc toujours son histoire que vous allez entendre.

« Je suis persuadée, continua Clary, que ma mère ne dut la vie qu'au bruit que je fis en tombant ; ce bruit, en attirant l'attention de M. Bardink, l'empêcha de commettre un crime. Lorsque je repris connaissance, je me trouvai sur mon lit : ma mère et M. Bardink étaient près de moi; la plus vive inquiétude était peinte sur le visage de ce dernier ; et, dès qu'il me fut possible de parler, il me demanda ce que j'étais venu faire à la salle à manger, et quelle était la cause de mon évanouissement. La présence de ma mère m'ayant tranquillisée sur les suites de la terrible scène dont j'avais été témoin, je cherchai à faire croire à mon beau-père que j'ignorais ce qui s'était passé : je lui dis que le bruit affreux que j'avais entendu m'ayant effrayée, j'étais descendue précipitamment ; mais qu'en approchant de la salle à manger, le défaut de lumière avait occasionné une chûte, et que le mal que je m'étais fait en tombant, avait causé mon évanouissement. M. Bardink parut satisfait de cette explication.

« Le bruit que vous avez entendu, me dit-il, était la manifestation de la douleur bien naturelle que ressentait votre mère ; à la fin du dîner, et lorsque nous nous disposions à quitter la table, M. Belson fut frappé d'une attaque d'apoplexie foudroyante, et malgré tous les secours qui lui furent administrés sur-le-champ par mon ami, le docteur Jakson, ce bon vieillard expira dans nos bras.

« Cette nouvelle, à laquelle cependant je devais m'attendre, d'après la scène dont j'avais été témoin; cette nouvelle, dis-je, me déchira le cœur. Je désirais vivement me trouver seule avec ma mère, mais M. Bardink, qui avait sans doute des raisons pour empêcher ce tête-à-tête, ordonna à ma mère de se retirer avec lui, et il se contenta d'envoyer une femme près de moi. Le lendemain mon beau-père vint chez moi, de grand matin, et m'annonça que ma mère était décidée à quitter l'Angleterre, et que, pour lui complaire, il avait résolu d'aller s'établir aux Indes; mais que mon extrême jeunesse ne me permettant pas de le suivre, il voulait me placer dans une pension, d'où, après avoir achevé mon éducation, je me rendrais dans la nouvelle patrie que ma mère se choisissait.

« Ce discours m'étonna au-delà de toute expression, et cet étonnement redoubla encore, lorsque M. Bardink m'invita à faire mes préparatifs de départ, attendu que je devais, ce jour même, être conduite à la pension dont il parlait. Je demandais, en pleurant, si je ne verrais point ma mère avant de partir; pour toute réponse, M. Bardink fit appeler son épouse, qui se rendit sur-le-champ dans ma chambre; mais le barbare ne nous quitta pas un instant, et il assista, sans en paraître ému, aux adieux déchirans que nous nous fîmes.

« Bien qu'il me fût impossible de parler à ma mère, sans que M. Bardink m'entendît, je fus néanmoins persuadée que tout cela se faisait contre la volonté de cette bonne mère, et je lus sur son visage qu'elle était la première victime de son époux.

« Le chagrin que je ressentais, bouleversait tellement mes idées, que j'étais absolument incapable d'opposer le plus léger obstacle à la volonté du tyran qui disposait si arbitrairement de mon sort : j'avais pour ainsi dire perdu la raison, et, par suite, le sentiment de mes maux, lorsque M. Bardink me conduisit à la pension qu'il m'avait choisie; en vain ma mère employa-t-elle les prières et les larmes pour obtenir de me conduire jusqu'à la maison dans laquelle cette pension était établie, tous ses efforts furent inutiles; M. Bardink prétendit qu'en refusant cette faveur, il nous épargnait de nouveaux chagrins, et ce fut lui seul qui me conduisit à la pension.

« Je fus bien reçue par la maîtresse de cet établissement, dans lequel je passai près de trois années, et auquel je dois le peu de talens que je possède.

« Pendant ce long espace, je reçus plusieurs lettres de mon beau-père, qui, ainsi que ma bonne mère, était arrivé aux Indes, après une heureuse navigation. Mais, hélas! c'était toujours en vain que je cherchais dans ces lettres une ligne tracée par ma mère. Il est vrai que M. Bardink m'assurait qu'elle jouissait d'une bonne santé; mais cette assurance était bien loin de calmer mes inquiétudes; elle ne faisait, au contraire, que les augmenter encore; car comment croire que si ma mère eût été libre et en bonne santé, elle ne m'eût pas écrit elle-même?

« Il y avait bientôt trois ans que j'habitais cette retraite, lorsque M. Bardink m'écrivit que la santé de ma mère périclitait depuis quelques mois, que la température du pays qu'ils habitaient ensemble ne lui était pas favorable, et que, d'après ces considérations, il s'était décidé à aller habiter la Guadeloupe, dont le climat et la salubrité de l'air lui faisaient espérer la prompte guérison de son épouse ; il ajoutait qu'il était satisfait des progrès que j'avais faits, et que mon éducation étant à peu près terminée, il ne voulait pas que je vécusse plus long-temps loin de ma mère et de lui ; qu'en conséquence, il avait chargé un de ses correspondans de payer mon passage sur le premier navire anglais qui ferait voile pour la Guadeloupe.

« Cette nouvelle me fit un plaisir difficile à décrire, et j'oubliai tous mes chagrins pour ne songer qu'au bonheur de revoir et d'embrasser ma mère. Il est vrai que je ne quittai pas sans quelque regret la maison de mistriss Molly (c'était le nom de ma maîtresse de pension). Cette femme respectable, qui m'avait tenu lieu de mère, avait trouvé le chemin de mon cœur, et l'amitié, le respect qu'elle m'avait inspirés, avaient souvent tempéré la violence de mes chagrins, en même temps que ses utiles leçons avaient orné mon esprit et développé mon jugement.

« Enfin, le correspondant dont mon beau-père me parlait dans sa lettre, vint m'annoncer que le brick *la Tamise* partirait sous quelques jours de Plymouth pour la Guadeloupe, et qu'il avait retenu mon passage sur ce navire, dont le capitaine, qui était son ami, lui avait promis d'avoir pour moi tous les égards dus à mon sexe et à ma jeunesse.

« Je quittai donc Londres pour me rendre à Plymouth, et après un court séjour dans cette dernière ville, je m'embarquai sur le brick, qui mit aussitôt à la voile pour la Guadeloupe.

« Notre navigation ne fut pas heureuse ; nous fûmes souvent contrariés par les vents, nous essuyâmes plusieurs tempêtes, et nous courûmes les plus grands dangers ;

mais je me dispenserai de vous faire des descriptions qui sentent trop le romantique, et que l'on retrouve partout. Nous arrivâmes à notre destination après une navigation de plus de trois mois ; mais, ô douleur ! M. Bardink m'apprit qu'il y avait deux mois que ma mère avait succombé à la maladie dont elle avait ressenti les premières atteintes aux Indes. Cette terrible nouvelle me jeta dans un si affreux désespoir, que mes jours furent longtemps en danger : j'appelais la mort à grands cris, je la désirais ardemment, parce que je la regardais comme le seul remède aux maux, aux angoisses qui déchiraient mon cœur et qui me rendaient la lumière odieuse ; mais enfin, la jeunesse, une forte constitution, et le temps, ce grand consolateur, triomphèrent des maux dont j'étais accablée, et M. Bardink témoigna la satisfaction que lui causait mon rétablissement.

« Depuis ce temps je vis ici, et je dois dire que je n'ai eu qu'à me louer des procédés de M. Bardink, qui jouit d'une grande fortune, dont, je crois, une forte partie m'appartient, puisque ma mère avait hérité de tous les biens de M. Belson, son oncle.

« Maintenant, continua Clary, vous connaissez toutes les particularités de ma vie, et les révélations que je viens de vous faire pourront vous servir à asseoir votre jugement sur les antécédens de la vie de M. Bardink. Je dois vous avouer que la présence ici du médecin qui était présent à la mort de M. Belson, a éveillé mes soupçons, et ce que vous m'avez dit du refus que cet homme faisait de s'adjoindre un autre docteur, a encore accru mon inquiétude : c'est donc l'amour et l'humanité qui m'ont dicté la conduite que je tiens dans ce moment. Puissent ces motifs vous faire oublier que Clary, que votre malheureuse amie est l'alliée d'un homme dont la conduite a justifié les plus odieux soupçons! Mais s'il en était autrement, si vous ôtiez votre amour, votre estime à celle dont votre image remplit le cœur, je ne regretterais point la démarche que je viens de faire, puisqu'elle peut vous prouver que votre bonheur m'est plus cher que le mien. »

CHAPITRE V.

La nuit terrible. — Singulière découverte. — Aventure extraordinaire.

Lorsque Clary eut cessé de parler, continua M. de Berville, j'employai tous les moyens qui étaient en mon pouvoir pour la rassurer sur mes sentimens, et je parvins à sécher les larmes qui s'échappaient de ses beaux yeux, après quoi je la conduisis jusqu'à la maison de lord Bardink; car la nuit était fort sombre, et tout semblait présager une violente tempête; cependant je revins dans le jardin, où je continuai à me promener en donnant un libre cours aux tristes réflexions que faisaient naître en moi les événemens de la journée; peu à peu je m'enfonçai tellement dans ces réflexions, que je sortis du jardin sans m'en apercevoir. Il me paraissait clair que lord Bardink était un scélérat qui s'était fait une grande fortune par le double meurtre de son épouse et de M. Belson; je ne doutais plus que mon oncle ne fût une nouvelle victime de ce monstre, et je ne songeai plus qu'aux moyens que je devais employer pour déjouer ses affreux projets.

Bientôt l'obscurité devint si profonde, qu'il était impossible de distinguer les objets à une distance de trois pas; cette circonstance me fit sortir des réflexions qui m'occupaient, et je songeai à regagner l'habitation dont j'avais dû m'éloigner beaucoup; car j'avais quitté le jardin à la fin du jour, et ma montre, que je fis sonner, m'annonça minuit et demi. Ne pouvant me diriger qu'à la lueur des éclairs qui sillonnaient les nuages amoncelés sur l'horizon, je n'avançais que très-lentement, encore n'étais-je pas sûr d'avoir pris le bon chemin. Tout-à-coup les vents se déchaînèrent avec une telle violence, que je fus renversé à plusieurs reprises : la pluie tombait par torrens, la foudre grondait sur ma tête avec un fracas épouvantable ; des exhalaisons de bitume et de soufre me suffoquaient à chaque instant; l'atmosphère était embrasé, et les élémens semblaient confondus. Je marchais ainsi depuis près d'une heure, tantôt en gravissant avec peine des rochers escarpés, tantôt marchant au milieu de précipices que je ne pouvais reconnaître qu'à la lueur rapide des éclairs qui se succédaient. Enfin, accablé de fatigue, mouillé jusqu'aux os, et désespérant de retrouver mon chemin, au milieu des ténèbres qui devenaient plus épaisses à chaque instant, je résolus de passer la nuit où je me trouvais, et je m'assis sur un quartier de roc, afin d'attendre le retour de l'aurore.

Cependant le vent continuait de souffler avec furie, le tonnerre roulait presque sans interruption et avec un fracas épouvantable. Tout-à-coup, une effroyable détonation se fait entendre; la terre tremble; et une partie du rocher sur lequel je me trouvais, éclate, se brise et ouvre un passage à des torrens de flammes et de fumée. Je courais les plus grands dangers, et pourtant je ne songeais pas à quitter la place où je m'étais reposé: je voyais avec une indifférence stupide la mort qui me menaçait de tous côtés; je ne la désirais pas, et je ne me sentais point la volonté de m'y soustraire; cependant je rappelai peu à peu mes esprits abattus; je me levai dans l'intention de me diriger de nouveau vers l'habitation; l'éruption du volcan avait cessé, la pluie ne tombait plus, mais la foudre continuait à se faire entendre, et les éclairs qui sillonnaient la nue, en se succédant avec rapidité, me permettaient de voir autour de moi. J'avais à peine fait cent pas, lorsque je vis un quartier de roc que la secousse de tremblement de terre que j'avais ressentie, paraissait avoir détaché de sa place, le vide que sa chute avait fait dans le rocher ressemblait à l'entrée d'une grotte, et m'offrait un abri dont je me hâtai de profiter, d'autant plus que la pluie recommença à tomber avec abondance.

Je pénétrai donc dans cet antre, et je me reposai sur une pierre, bien disposé à ne quitter cette retraite que lorsque le jour aurait dissipé les ténèbres qui m'environnaient; mais cette nuit terrible devait être témoin d'événemens plus extraordinaires encore.

J'étais assis depuis quelques instans, lorsque des gémissemens vinrent frapper mon oreille, et ces gémissemens se font entendre de nouveau; bientôt je reconnais qu'ils sortent du fond de la grotte, et mon étonnement redouble. Pourtant il pouvait se faire que ce fût quelque voyageur qui, ainsi que moi, avait cherché un abri dans cette caverne, et cette pensée me décida à visiter ce singulier refuge. Je m'avance donc à tâtons, et, au milieu des décombres, je suis une pente rapide; à mesure que j'avançais, je distinguais plus facilement les gémissemens que j'avais d'abord entendus; mais ma surprise augmentait à chaque instant, car l'écho, qui répétait le bruit de mes pas, me faisait connaître que je marchais dans un vaste souterrain; mais la curiosité avait chassé la crainte de mon âme : d'ailleurs je suivais une galerie étroite, ce qui me permettait de revenir sur mes pas sans craindre de m'égarer. Enfin, j'arrivai dans un endroit beaucoup plus large et plus élevé, car jusqu'alors j'avais été contraint de me courber pour marcher.

L'obscurité qui, dans ce lieu, ne pouvait être tempérée par les éclairs, ne me permettait pas de m'avancer davantage sans risquer de ne pouvoir plus sortir de ce vaste et sombre labyrinthe. Désespéré de ne pouvoir mettre à fin cette singulière et mystérieuse aventure, je songeai à me retirer, toutefois, je m'écriai : « Qui que vous soyez, ne craignez pas de vous faire connaître ; je vous offre le secours de mon bras. » Personne ne répondit à cette interpellation que je répétai inutilement à plusieurs reprises : l'écho seul redit les dernières syllabes de ma phrase.

Je commençais à croire que je m'étais trompé : le vent, me disais-je, en s'engouffrant dans les profondeurs de cette caverne, a pu produire les gémissemens qui ont frappé mon oreille. Dans cette hypothèse, il était au moins inutile de pénétrer plus avant, et j'allais revenir sur mes pas, lorsqu'un rayon d'une lumière qui paraissait fort éloignée de moi, vint briller à mes yeux.

Bien persuadé alors que cette retraite était habitée, je me dirigeai vers le point lumineux que j'apercevais, mais il disparut bientôt, et je me trouvai de nouveau enseveli dans la plus profonde obscurité, avec cette différence, qu'il m'était devenu impossible de revenir sur mes pas, attendu que j'avais quitté l'étroit corridor qui m'avait guidé d'abord. Je marchais au hasard, regrettant beaucoup de m'être si imprudemment engagé dans une aventure qui pouvait avoir pour moi les suites les plus funestes.

Cependant la lumière reparut un instant, et je reconnus avec satisfaction que je m'en étais beaucoup rapproché. Je m'écriai de nouveau qu'on ne craignît rien; mais personne ne répondit, et je distinguai, au contraire, le bruit des pas de quelqu'un qui semblait s'éloigner précipitamment. Cette circonstance n'était pas propre à me rassurer beaucoup; mais, ainsi que je l'ai dit, il m'était impossible de rétrograder, sans risquer de m'égarer davantage. Au bout de quelques minutes, la lumière reparut très-près de moi; alors une femme ou plutôt un spectre, le teint pâle, les yeux étincelans, les cheveux épars, et les vêtemens en lambeaux, s'élança vers moi en poussant des cris déchirans: « Malheureux! me dit-elle, en me considérant à la lueur du flambeau qu'elle portait, malheureux! infâme Bardink, qu'as-tu fait de mon oncle? qu'as-tu fait de ma fille? Viens-tu ici pour m'arracher le reste de vie que tu m'as laissé, et que je déteste? Eh bien, frappe, continua-t-elle, en découvrant son sein; frappe, brise la faible barrière qui retient encore mon âme prête à s'envoler vers le ciel, où elle espère retrouver l'objet de ses affections! O mon oncle! ô ma Clary! je vais vous retrouver. »

En prononçant ces dernières paroles, cette malheureuse était tombée à genoux. Cette scène me glaçait d'horreur et d'épouvante. Je n'en pouvais douter, la malheureuse mère de Clary n'était point morte, son infâme époux l'avait enfermée dans ces vastes souterrains, afin de s'emparer de toute sa fortune, et de couvrir un crime par un autre. Il était clair que cette triste victime de l'exécrable Bardink avait perdu l'usage de la raison, puisqu'elle me prenait pour son persécuteur. Mes pensées, mes réflexions, se succédaient avec rapidité, et je ne savais à quel parti m'arrêter. Tandis que je délibérais, madame Bardink, car c'était elle, madame Bardink, dis-je, avait cessé de parler; elle avait les mains jointes, et paraissait prier avec ferveur. Tout-à-coup elle se relève, et me regarde attentivement; ses yeux n'étaient plus hagards; elle paraissait beaucoup plus tranquille, et après s'être recueillie un instant, elle me dit: « Jeune homme, que faites-vous ici? Seriez-vous une nouvelle victime du barbare qui m'a ensevelie vivante dans ce vaste tombeau?

— Non, madame, le ciel qui a permis que je pénétrasse ici, a voulu sans doute que je fusse votre libérateur, que je rendisse à la lumière la malheureuse mère de la charmante Clary.

— Clary! quoi! la connaîtriez-vous? Clary! serait il possible? je pourrais la revoir! mais non, je le vois bien, ma faible raison s'égare... Clary! je la reverrais!.. Oh! non, non, jamais.....

— Suivez-moi, madame, je vais vous conduire dans ses bras. »

Alors, je m'empare du flambeau qu'elle avait posé à ses pieds, et je la presse de nouveau de me suivre. Nous marchions à grands pas; aidé par la lumière que je portais, j'avais facilement retrouvé le chemin par lequel j'étais venu; déjà nous approchions de l'ouverture, lorsqu'un grand bruit se fit entendre derrière nous: nous doublons le pas, et nous allions enfin sortir de cet affreux repaire, lorsque plusieurs détonations se firent entendre : à ce bruit effroyable, répété par l'écho, qui se prolongeait sous les voûtes souterraines, succèdent les cris plaintifs de ma triste compagne, atteinte de plusieurs balles; elle était tombée à mes pieds, qu'elle baignait de son sang. Je me retourne pour la secourir; mais, au même instant, la terre s'ouvre sous mes pas, je tombe avec violence, et je reste évanoui au milieu des ténèbres.

CHAPITRE VI.

Suite de l'aventure précédente. — Mort supposée du vicomte. — Rendez-vous nocturne.

Le marquis en était à cet endroit de son récit, lorsqu'il me quitta en me promettant de l'achever le lendemain.

J'attendis avec une vive impatience l'heure à laquelle il avait l'habitude de venir. Les événemens qu'il me racontait me semblaient si extraordinaires, que j'avais peine à les croire ; il me vint à l'idée que mon ami avait l'esprit aliéné ; cependant il s'énonçait avec une telle précision, et ses idées paraissaient être tellement en ordre, que je ne m'arrêtai pas à cette pensée. Enfin, l'heure arriva, mon ami fut exact et continua de raconter ce qu'on va lire.

Lorsque je revins de mon évanouissement, j'étais dans ma chambre, étendu sur mon lit, et le médecin était près de moi. Je cherchai à me rappeler les événemens de la nuit, et j'étais fort incertain sur ce que je devais faire. J'étais au pouvoir de mes ennemis; il n'était donc pas prudent de leur rompre en visière, comme j'en avais eu d'abord l'intention; *car lorsqu'on a trempé ses lèvres dans la coupe du crime, il faut la vider jusqu'à la lie*, et il était certain que M. Bardink ne balancerait pas pour commettre un crime qui pouvait servir à couvrir ceux dont il était déjà coupable. J'achevais à peine ces réflexions lorsque le beau-père de Clary entra dans ma chambre. A la vue de ce monstre, je ne pus me défendre d'un mouvement d'horreur; mais heureusement il ne le remarqua pas: il avait l'air préoccupé, et un air de tristesse régnait sur son visage, aussi bien que sur celui du médecin. Je sentis que je devais prévenir les questions que probablement on s'apprêtait à me faire, et je dis qu'ayant été surpris par l'orage, lorsque je me promenais dans la campagne, l'obscurité m'avait empêché de reconnaître le chemin que j'avais pris ; qu'en marchant à l'aventure, j'étais tombé dans une espèce de caverne que je présumais être la retraite d'une bande de voleurs ou de contrebandiers ; que ma chute m'avait causé un évanouissement qui paraissait avoir duré long-temps, puisqu'on m'avait transporté de cet endroit jusques dans mon lit sans que je reprisse connaissance, et je priai M. Bardink de me dire à qui je devais les secours que j'avais reçus. « Il est probable, répondit ce dernier en poussant un profond soupir, que les contrebandiers dont vous parlez vous auront transporté loin de leur repaire; car au point du jour, mes gens vous ont trouvé tout près de l'habitation, et ce sont eux qui vous ont rapporté ici. »

Alors ce monstre poussa de nouveaux soupirs; puis il reprit: « Hélas! plût à Dieu que ce fût le seul malheur dont cette nuit terrible a été témoin.

— Que voulez-vous dire? m'écriai-je; de quels malheurs parlez-vous?

— Mon ami, cette nuit, cette nuit affreuse, nous l'avons passée dans la douleur et le désespoir: votre oncle.... (Ici, le traître laisse échapper quelques larmes.)

— Mon oncle! repris-je en m'élançant hors du lit, mon oncle!.... que lui est il arrivé?... je veux le voir... je...

— Arrêtez, s'écria le médecin en me retenant: vous allez connaître toute l'étendue de vos malheurs; hier soir, l'état du vicomte devint tout-à-coup très- alarmant, il demanda plusieurs fois à vous voir ; mais nous ne pûmes vous trouver.... Vers minuit une crise violente décida de la vie du malade, et il expira malgré tous les secours que je lui administrai. Ces paroles furent un coup de foudre : j'étais anéanti. Mais bientôt les réflexions que je fis calmèrent un peu ma douleur. Je pensai que le vicomte n'était point mort ; mais que les monstres qui nous entouraient lui faisaient partager l'affreuse captivité de la malheureuse mère de Clary. Néanmoins je ne laissai rien voir à mes ennemis de ce qui se passait en moi, et je ne parus pas douter de la mort de mon oncle. Deux ruisseaux de larmes qui s'échappèrent de mes yeux achevèrent de les rassurer : je remarquai sur leurs visages la satisfaction qu'ils en éprouvaient ; et cette circonstance servit encore à me confirmer dans l'idée que j'avais que le vicomte vivait. Cette mort supposée servait encore mes projets, en me donnant plus de facilité pour démasquer les coupables. Mon intention était de me rendre chez le gouverneur de l'île, de lui raconter tout ce qui était arrivé depuis notre départ de l'Inde, et de réclamer son autorité pour obtenir justice des scélérats qui s'étaient couverts de tant de crimes. Il est vrai que je ne pouvais espérer de retrouver l'entrée du souterrain, puisque j'en avais été enlevé pendant la nuit ; mais il suffisait, pour convaincre les coupables, d'exhumer les corps supposés de madame Bardink et du vicomte.

Cependant je ne voulais pas faire cette démarche, sans en avoir prévenu ma chère Clary ; je voulais lui faire part de la découverte que je devais au hasard, et la consulter sur la résolution que j'avais prise. Je cherchai donc à lui parler en tête-à-tête ; mais je crus m'apercevoir que j'étais observé attentivement ; cette particularité ne servit qu'à me convaincre davantage de ce que je n'avais d'abord que soupçonné, mais en même temps j'éprouvais une nouvelle inquiétude, car j'étais absolument à la discrétion de mes ennemis.

Cependant tous les préparatifs se faisaient pour rendre à mon oncle les honneurs funèbres auxquels j'assistai, et la journée se passa sans que je pusse entretenir Clary en particulier. Seulement je parvins à lui faire comprendre que j'avais des choses importantes à lui communiquer, et que je la priais de descendre dans le jardin pendant la nuit, afin de lui parler sans témoins : elle me répondit par un signe affirmatif, et j'attendis avec impatience l'heure favorable à cette entrevue.

Toute la journée, je crus m'apercevoir que j'étais observé jusque dans mes moindres actions ; une inquiétude vague se peignait sur le visage de ceux qui m'entouraient, et je reconnus que Léonard s'attachait particulièrement à m'empêcher de communiquer avec personne autre que ses complices. Enfin la nuit vint, et je me retirai dans mon appartement, et j'attendis le moment favorable pour me rendre au jardin sur lequel donnait une de mes fenêtres dont le peu d'élévation me permettait de descendre sans bruit au lieu du rendez-vous.

CHAPITRE VII.

Suite du rendez-vous nocturne. — Catastrophe. — Le fatalisme. — On retrouve le vicomte.

MINUIT sonnait, le calme le plus profond régnait dans toute la maison, lorsque je descendis dans le jardin. Je me dirigeai aussitôt vers le bosquet dans lequel Clary m'avait raconté son histoire, et où j'espérais la trouver. Cet espoir ne fut point déçu; exacte au rendez-vous, mon amie m'attendait depuis longtemps, impatiente de savoir ce que j'avais à lui communiquer.

Nous nous assîmes sur le même banc où la veille j'avais écouté le récit qui avait achevé de m'éclairer sur le compte de lord Bardink et de ses acolytes, et je racontai à Clary les détails de la nuit terrible qui m'avait dévoilé tant de cruautés. Ma jeune amie ne pouvait comprimer les sanglots que lui arrachait le récit de tant d'atrocités, et je commençai à craindre que l'éclat de sa douleur ne nous trahît. Cependant je parvins à calmer un peu son extrême agitation, en lui faisant espérer de revoir bientôt sa mère, et j'avais moi-même conservé cet espoir, car il était possible que cette malheureuse n'eût pas succombé sous les coups de ses assassins, et dans ce cas, les prompts secours qui ne pouvaient manquer de lui être administrés, d'après la marche que je me proposais de suivre, eussent pu la rappeler à la vie.

« Mon ami, me dit Clary, lorsqu'il lui fut possible de parler, hâtons-nous de fuir cet asile du crime, ce repaire de monstres : profitons de l'obscurité pour nous dérober à leurs coups, car, n'en doutez pas, ces barbares n'attendent que le moment favorable pour vous faire partager le sort de leurs premières victimes. Rendons-nous de suite chez le gouverneur dont vous vous proposez d'invoquer la justice et l'autorité. Je ne vous croirai en sûreté que lorsque nos ennemis seront tombés sous le glaive des lois, car ces scélérats sont nombreux et puissans, et par conséquent éviteront facilement le juste châtiment de leurs crimes. »

Ces raisons, et la manière dont j'avais été observé le jour précédent, me firent goûter le conseil que me donnait Clary : l'occasion de nous échapper en même temps était favorable, et il était possible, il était même probable que cette occasion ne se présenterait pas de sitôt. Je me levai aussitôt, et présentant mon bras à ma jeune compagne, j'allais m'éloigner avec elle, lorsqu'un homme s'élançant du bosquet voisin du banc de gazon que nous occupions, se jeta entre moi et Clary ; je me retourne, et à la faible clarté des étoiles je reconnais Léonard; au même instant Clary pousse un sourd gémissement, et tombe à mes pieds, percée de plusieurs coups de poignard.

J'étais sans armes, mais cette considération ne pouvait me retenir. Je me précipite sur le meurtrier de mon amante, je le terrasse, j'arrache de ses mains l'arme encore teinte du sang de ma chère Clary, et j'allais purger la terre d'un monstre exécrable, lorsque je fus moi-même assailli par une troupe de scélérats au nombre desquels je reconnus lord Bardink et le médecin. Armé du poignard que j'avais arraché à l'assassin de Clary, je me défendis long-temps et fis mordre la poussière à plusieurs de mes ennemis; mais blessé moi-même en plusieurs endroits et perdant beaucoup de sang, je fus enfin contraint de céder au nombre.

Après m'avoir désarmé, on me garotta, on me couvrit la bouche d'un mouchoir, et je fus traîné dans une salle basse, ainsi que Clary, dont les blessures ne paraissaient pas être mortelles, puisque pendant le combat inégal que je soutenais, elle avait tenté de me secourir. Arrivés dans ce lieu, Bardink et ses satellites nous entourèrent, et le premier prenant la parole, nous dit :

« Vous avez soulevé le voile qui couvrait des mystères que vous deviez ignorer toujours, et cette circonstance m'empêche d'user de l'indulgence que je me sentais disposé à vous accorder. Satisfait de l'immense fortune que je posède, je me serais contenté de l'abandon que vous m'auriez fait d'une partie des richesses du vicomte; mais puisque la fatalité vous a portés au désir non-seulement de m'échapper, mais encore de me perdre, je suis dans le cas de légitime défense, et vous m'avez contraint à faire usage du droit du plus fort. Vous partagerez la captivité de M. Berville, que dans votre aveugle présomption vous avez espéré rendre à la liberté. N'accusez que le destin des maux qui vous accablent; car la destinée de chacun est fixée irrévocablement, et c'est en vain que les hommes prétendent résister à la puissance surnaturelle qui dirige leurs actions. Tout se réduit à ce principe: « *Ce qui est ne pouvait point ne pas être.* »

Après ce discours infernal, que j'entendis avec indignation, l'exécrable Bardink donna le signal aux scélérats dont il était le digne chef. Aussitôt une trappe s'ouvrit, on nous fit descendre un escalier rapide qui nous conduisit dans un vaste cachot, à la voûte duquel une lampe était suspendue Quelques meubles garnissaient ce ténébreux séjour dont l'entrée était fermée par une porte de fer; plusieurs volumes étaient épars sur une table placée au-dessous de la lampe, et deux lits étaient disposés dans un enfoncement qui figurait une alcove.

Une petite porte, qu'on remarquait du côté opposé, paraissait entr'ouverte, et comme on nous avait ôté le mouchoir qui nous couvrait la bouche, je demandai où conduisait cette porte : l'un des brigands me répondit que c'était la porte de la chambre où le vicomte avait été conduit la veille, et qu'il nous était permis de le voir. Ces paroles versèrent un peu de baume sur les plaies dont mon cœur était ulcéré. J'étais privé de la liberté ; il paraissait impossible que je la recouvrasse jamais, et cette pensée était terrible, mais je n'étais point séparé de ce que j'avais de plus cher au monde. Le temps, ce grand consolateur, pouvait adoucir nos maux, et l'amour pouvait charmer notre solitude. Nous n'étions pas, il est vrai, unis du lien indissoluble, mais l'impossibilité physique où nous étions de nous séparer jamais, et de remplir les formalités que la morale exige; cette impossibilité, dis-je, ne semblait-elle pas légitimer notre union? Telles furent les consolations que j'offris à ma triste compagne, qui, pour toute réponse, se jeta dans mes bras, et cacha son visage dans mon sein qu'elle arrosa de ses larmes.

J'avoue que dans ce moment tout ce que ma situation avait d'affreux disparut; je ne sentis que le bonheur de posséder ma maîtresse.

Après ces premiers épanchemens de deux cœurs embrasés de tous les feux de l'amour, ma première pensée fut pour mon oncle, celle de Clary fut pour sa mère. Nous entrâmes par la petite porte dont j'ai déjà parlé, dans la chambre de M. Berville. Le vicomte assis près d'un lit, la tête appuyée sur ses mains, paraissait enfoncé dans les plus profondes réflexions ; le bruit que nous fimes en entrant ne le tira point de sa rêverie, et lorsque je me jetai dans ses bras, il me regarda à plusieurs reprises, comme s'il eût douté du témoignage de ses yeux ; mais le récit que je lui fis ne lui permit plus de douter que nous partagions sa déplorable destinée.

CHAPITRE VIII.

Trait de cruauté. — Mort du vicomte de Berville.

LORSQUE j'eus cessé de parler, mon oncle, qui m'avait écouté avec attention, me dit que les gens qui m'avaient empêché de délivrer madame Bardink, n'étaient autres que Bardink lui-même et quelques uns de ses complices. Après m'avoir garotté, me dit-il, ces scélérats me conduisirent ici ; mais à peine y étaient-ils arrivés avec moi, qu'un bruit souterrain se fit entendre : nous ressentîmes plusieurs secousses de tremblement de terre, et la frayeur s'empara de ces monstres; il semblait qu'une puissance invisible voulût les punir de leurs forfaits ; mais bientôt le danger cessa, et ils reprirent toute leur audace : ils allaient se retirer lorsque des cris se firent entendre, et jetèrent de nouveau l'alarme dans la troupe. Cependant les brigands se rallièrent et marchèrent ensemble du côté d'où les cris semblaient venir; au bout de quelques instans plusieurs coups de feu vinrent frapper mon oreille, et j'entendis Bardink donner des ordres pour enterrer un cadavre....... Ah ! ma mère! sécria Clary, je ne vous verrai donc plus! et des sanglots étouffèrent sa voix. En effet, d'après ce que mon oncle venait de nous apprendre, il paraissait certain que la malheureuse épouse de l'infâme Bardink avait cessé de vivre.

Cependant peu à peu notre malheur nous parut supportable. Je goûtais avec Clary tous les délices de l'amour, et ce faible rayon de bonheur que nous trouvions sous les voûtes épaisses de ce séjour, qui semblait devoir être notre tombeau, était partagé par le vicomte. Mais les maux que nous avions soufferts n'étaient que le prélude de maux plus grands encore.

Plusieurs mois se passèrent ainsi. Chaque matin, trois hommes, parmi lesquels étaient le médecin, descendaient armés jusqu'aux dents dans notre sombre demeure, et nous apportaient des vivres. Comme nous évitions de parler à ces scélérats, et que nous nous dispensions même de répondre à leurs questions, nous ignorions complètement ce qui se passait au dehors.

Un matin que nos geoliers étaient venus comme de coutume, l'un d'eux nous annonça la visite de lord Bardink, et en effet ce monstre suivit de près ses satellites : il s'était armé de la même façon que ces derniers. Nous étions tous trois rassemblés dans la chambre de M. Berville, lorsqu'il entra : après avoir réfléchi un instant, il s'approcha du vicomte, auquel il parla en ces termes :

« J'avais une fortune immense, les richesses que vous apportâtes de l'Inde, et dont le destin me rendit maître, doublèrent cette fortune ; mais cela ne suffisait point, et je cherchai à en acquérir davantage ; de mauvaises spéculations pensèrent me ruiner : je perdis en peu de temps la plus grande partie de cette fortune immense, voilà ce qui m'amène ici :

« Vous possédez dans l'Inde de grands biens qui vous sont désormais inutiles ; signez ce testament qui m'en assure la possession, et je ferai tout ce qui dépendra de moi pour adoucir votre captivité. — Scélérat ! répondit mon oncle, infâme brigand, tu as pu par la force et les moyens exécrables que tu as employés, me ravir la liberté; mais aucune puissance ne pourrait me contraindre à t'obéir: retire-toi, car ta vue m'est odieuse, et le supplice qu'elle me fait éprouver est plus terrible que les tortures que tu me prépares sans doute.

— Ne m'accusez pas de cruauté, reprit Bardink; le destin seul est cruel, et je ne suis que son agent, je ne fais qu'obéir aux lois posées de toute éternité. Signe ce testament, car je saurai obtenir par la force ce que tu refuserais de m'accorder. Je te l'ai dit, misérable, répliqua le vicomte, je ne le signerai pas; et quant aux moyens que tu pourras mettre en usage, je te le répète, ta vue est le plus grand supplice que tu puisses me faire souffrir: la mort, dont tu peux me menacer, sera le terme de mes maux: je la désire, je l'attends; ainsi, en me la donnant, tu combleras mes vœux les plus ardens; encore un coup, je ne signerai point. — C'est ce que nous allons voir, dit encore l'exécrable Bardink. » Alors il donna le signal à ses satellites ; aussitôt ces infâmes se jetèrent sur chacun de nous : Clary et moi nous fûmes attachés à deux des piliers qui soutenaient l'édifice souterrain; en même temps d'autres brigands s'étaient emparés de mon oncle, et l'avaient dépouillé de ses vêtemens : au même instant on apporte un énorme réchaud rempli de charbons ardens au milieu desquels chauffaient des tenailles et divers instrumens qui paraissaient destinés à exercer sur le malheureux vicomte des cruautés dont la seule idée faisait frémir l'humanité. A la vue du supplice que ces cannibales réservaient à mon oncle, la fureur, la rage s'emparèrent de toutes mes facultés; mais cette rage était impuissante, et les liens qui me retenaient eussent résisté à une force triple de la mienne. De son côté Clary, agitée par la crainte et la douleur, semblait prête à s'évanouir, et les liens qui l'attachaient au pilier l'empêchaient seuls de tomber sur la terre humide qui devait un jour être son tombeau. Le vicomte seul, calme, semblait braver les tortures qu'on lui réservait, et dont les apprêts qui se faisaient sous ses yeux étaient capables d'ébranler l'âme la plus ferme.

Cependant le vicomte était entièrement nu, alors le médecin prit les tenailles qu'on avait fait rougir dans le feu, et il commença par arracher les paupières de cet infortuné, qui ne proféra pas la moindre plainte pendant cet horrible exécution, après laquelle Bardink le somma de nouveau de signer le testament qu'il lui présentait. Mon oncle ne voulut pas même lui répondre, et le médecin se disposa à commettrede nouvelles atrocités. Après lui avoir arraché les ongles, il lui tenailla les membres avec les tenailles rouges ; ensuite le malheureux vicomte persévérant, malgré ces cruelles tortures, dans le refus qu'il avait fait de signer le testament, on frotta son corps avec de l'huile, on l'étendit sur des charbons, et ce fut là qu'il expira après les plus horribles souffrances.

Les cheveux se dressent au simple récit de tant d'atrocités, mais ce spectacle affreux n'était pas le dernier supplice qui m'était réservé, comme je vous l'apprendrai tout à l'heure.

CHAPITRE IX.

Mort de Clary.

Je ne vous parlerai point de ma douleur et de celle de Clary, il serait difficile d'en donner une juste idée ; mais le temps en tempéra la violence, et nous finîmes par nous trouver moins malheureux, par cela seul que notre malheur se prolongeait, et ne semblait devoir avoir d'autre terme que celui de notre vie.

Cependant Clary portait dans son sein le fruit de nos amours, et je voyais avec effroi approcher le terme de sa grossesse. Depuis la mort de mon oncle, nos geoliers ne venaient plus chaque jour nous apporter des alimens ; à peine venaient-ils une fois par semaine : ils déposaient une certaine quantité de pain, et quelques mets communs, et se retiraient sans vouloir répondre aux plus simples questions.

L'air épais que nous respirions, le chagrin qui minait sourdement la santé de mon amie, tout cela avança le terme prescrit par la nature.

Un jour..... jour terrible ! Clary

ressentit les douleurs de l'enfantement : en vain j'appelle à grands cris mes barbares geoliers, le silence succède à mes cris, et les gémissemens de Clary succèdent au silence ! quels secours lui offrir ! je n'avais que du pain et de l'eau ! Enfin après une longue et déchirante agonie, ma maîtresse, ma bien-aimée, ma chère Clary, expira dans mes bras en donnant le jour à un fils qui expira presqu'en même temps que sa mère. Je n'entreprendrai point de vous donner une idée de l'affreuse situation dans laquelle je me trouvais. Cela se conçoit difficilement, mais il est encore plus difficile de le décrire.

Deux jours se passèrent encore avant que mes geoliers parussent ; ils vinrent enfin, et sans répondre aux invectives que m'arrachait la douleur, et dont je les accablais, ils se mirent à creuser une fosse dans laquelle ils déposèrent les dépouilles mortelles de ma femme et de mon fils.

Après avoir essuyé ces affreux malheurs, je passai plus de vingt années dans ce séjour. Les satellites de lord Bardink ne venaient que très-rarement, et il arrivait souvent que je manquais de nourriture.

La pensée de mettre un terme à ma pénible existence se présenta bien des fois à mon esprit, et je ne sais ce qui m'empêcha d'exécuter les projets que je formais chaque jour à ce sujet. On a agité bien des fois cette question : savoir si celui qui met lui-même un terme à une vie remplie d'infortunes est doué d'un plus grand courage que celui qui supporte ces infortunes avec résignation. Cette question paraît difficile à résoudre ; cependant il est certain que je n'avais point l'espoir de recouvrer ma liberté, que la mort semblait seule pouvoir mettre un terme à mes maux, et que je ne manquais pas de moyens pour me la donner.

Dira-t-on que c'est le défaut de courage qui m'a fait préférer, à un instant de douleur, des maux qui ont duré plus de vingt ans, et qui pouvaient durer un demi-siècle? J'avais perdu tout ce qui m'était cher, j'étais condamné à ne voir d'autre figure humaine que celle du scélérat dont j'étais la victime; j'étais réduit à disputer aux rats le peu de nourriture qu'on me donnait; la mort n'eût pu que mettre un terme aux souffrances morales et physiques qui m'accablaient, je ne manquais pas de moyens de me la donner, et si je ne l'ai point fait, c'est que je m'efforçais chaque jour de m'élever au-dessus de ma situation, tandis qu'il m'eût été si facile de la faire cesser : le suicide ne peut donc être qu'une lâcheté.

Cependant mes forces s'épuisaient chaque jour; des semaines entières s'écoulaient quelquefois sans que je visse lord Bardink, non plus que ses affidés, car ces gens, que la vue de leur victime faisait trembler, avaient pris le parti de m'apporter une certaine quantité de pain ou de biscuit et d'eau, en m'avertissant que je ne les reverrais qu'au bout de quinze jours ou trois semaines, et ils étaient ordinairement exacts; mais il me fallait tellement ménager mes provisions, pour atteindre le jour prescrit à leur renouvellement, que j'étais souvent en proie à toutes les horreurs de la faim.

Déjà, ainsi que je vous l'ai dit, plus de vingt années s'étaient écoulées sans apporter aucun soulagement à mes maux, que l'âge et les infirmités rendaient au contraire plus insupportables, lorsqu'un jour lord Bardink descendit dans mon cachot, accompagné de deux de ses acolytes, qui portaient chacun une corbeille de provisions.

Des affaires importantes, me dit ce monstre, me forcent, ainsi que mes gens, à quitter l'île pour quelques mois. Ces corbeilles sont remplies de biscuit, je vais faire descendre une tonne d'eau, et j'espère que cela suffira pour vous faire attendre mon retour; aussi bien ce sera votre affaire, et pas du tout la mienne: le pis qui pourra en résulter pour nous sera de vous enterrer à notre retour.

Ces paroles m'affectèrent peu, la mort n'avait rien d'effrayant pour moi, et j'étais d'ailleurs accoutumé depuis long-temps à ce langage atroce. Un regard de mépris fut ma seule réponse. Les gens de Bardink déposèrent alors les provisions dont ils étaient chargés, et tous trois se retirèrent.

« Je vais faire descendre une tonne d'eau », m'avait dit Bardink; ces paroles me revinrent à l'esprit, et je me rappelai que l'escalier qui conduisait à l'affreux réduit que j'habitais depuis si long-temps était si étroit, qu'un homme d'une corpulence un peu plus que moyenne, n'y serait passé qu'avec beaucoup de peine; il était donc physiquement impossible d'introduire par ce passage un tonneau quelque petit qu'il fût. Je faisais cette réflexion, lorsqu'un bruit sourd se fit entendre du côté opposé à l'escalier dont je viens de parler; je prêtai l'oreille, mes regards se dirigèrent du côté d'où le bruit semblait venir: au même instant une partie du mur parut se détacher, et à la lueur des torches que portaient mes infâmes geoliers, je vis un passage large de plusieurs toises, et dont jusque là j'avais ignoré l'existence. Néanmoins, cette découverte ne paraissait pas être pour moi d'une grande importance: affaibli par le défaut de nourriture, consumé par une fièvre lente causée par le chagrin et l'air condensé que je respirais depuis si long-temps, et dénué de toute espèce d'instrumens nécessaires, je ne pouvais songer à ma délivrance.

Lord Bardink et ses complices disparurent après m'avoir laissé les provisions dont j'ai parlé, la porte se referma avec fracas, les voûtes souterraines retentirent quelques instans du bruit des pas de ces monstres; un soupir s'échappa de ma poitrine, et à ce bruit passager succéda le silence des tombeaux.

Trois mois s'écoulèrent, et, malgré la plus stricte économie, mes provisions étaient presque épuisées; il m'en restait à peine pour soutenir quelques jours encore ma déplorable existence; enfin je dévorai presque à regret le dernier morceau de biscuit, et la dernière goutte d'eau vint humecter mes lèvres desséchées.

Déjà depuis trente heures, le besoin dévorait mes entrailles, j'étais en proie à toutes les horreurs de la faim; la mort me paraissait inévitable, et je l'appelais à grands cris. Le désespoir seul me soutenait encore; j'avais quitté mon cachot, et j'errais au hasard dans les galeries de ce vaste tombeau, témoin de tant de crimes, et qui, dans quelques heures peut-être, recèlerait un cadavre de plus.

Tout-à-coup un bruit confus vient frapper mon oreille ; j'écoute attentivement, le bruit redouble, je crois distinguer des coups de pioche... Travaillerait-on à ma délivrance? Cette pensée fait jaillir un rayon d'espoir qui me soutient quelques instans encore; mais enfin la nature épuisée succombe, une détonation épouvantable se fait entendre, et au même instant je tombe sans connaissance.

CHAPITRE X.

Délivrance du Marquis.

Le marquis, après avoir suspendu son récit encore quelques instans, le reprit en ces termes :

Je ne sais combien de temps je demeurai évanoui ; lorsque je rouvris les yeux, il me sembla que je faisais quelque songe pénible. Mes yeux, depuis si long-temps privés de la lumière du jour, ne pouvaient la supporter, car il est temps de vous dire que j'avais recouvré ma liberté. Plusieurs personnes s'entretenaient autour du lit sur lequel j'étais étendu, mais l'affaiblissement de mes organes ne me permettait pas de prêter la plus légère attention à ce qu'ils disaient : j'étais insensible même au plaisir de revoir la lumière. Cependant l'une des personnes qui se trouvaient près de moi m'ayant mis sur les lèvres les bords d'un vase qui contenait un breuvage convenable à ma situation, la nature reprit ses droits et j'avalai avec avidité ce qu'il contenait ; cette précipitation pensa m'être funeste, mais les secours qu'on m'administra achevèrent de me rendre à la vie.

J'avais rouvert les yeux, et peu à peu ils s'accoutumèrent à la lumière à laquelle, seulement quelques heures auparavant, je croyais pouvoir dire un éternel adieu ; enfin, un verre de vin d'Espagne acheva de rétablir mes forces, et je fus convaincu que je n'avais point été abusé par un songe, et que ma délivrance était une réalité. Alors m'adressant à la personne qui m'avait offert les alimens auxquels je devais le retour de ma raison, je lui demandai par quel miracle j'avais été arraché des entrailles de la terre, de l'horrible séjour que j'avais habité tant d'années.

« Votre délivrance, me répondit cette personne, tient à un enchaînement de circonstances dont le récit demanderait de votre part une attention que votre faiblesse ne vous permettrait peut-être pas de m'accorder. Qu'il vous suffise de savoir, pour le moment, que votre persécuteur, l'infâme Bardink, a cessé de vivre; que le coup qui lui ôta une vie qu'il avait souillée de tant de crimes, anéantit en même temps une partie de ses complices, et que ceux qui ont échappé au dernier acte de cruauté et de désespoir de leur exéorable chef, ne sortiront des cachots où ils sont renfermés que pour aller recevoir sur l'échafaud le châtiment que la justice doit aux crimes dont ils se sont couverts. »

J'insistai pour connaître sur-le-champ les détails de cet événement; mais mon interlocuteur, qui était aussi mon médecin, résista à toutes mes prières, et je fus bien contraint d'attendre qu'il lui plût de m'instruire.

Plusieurs jours se passèrent pendant lesquels les soins de toute espèce me furent prodigués ; mais les sources de la vie paraissaient épuisées en moi, ma longue captivité dans un lieu infect, le défaut d'alimens et les chagrins qui depuis si long-temps dévoraient mon âme, avaient pour toujours anéanti mes forces physiques; je n'en recouvrai qu'une faible partie, et le médecin ne tarda pas à être convaincu que tous les secours de son art étaient impuissans contre une maladie à laquelle le tombeau seul pouvait mettre un terme; alors seulement il consentit à m'entretenir des événemens qui m'avaient rendu à la liberté.

En cet endroit, le marquis de Berville suspendit sa narration. Le peu de forces que j'avais alors, me dit-il, n'a cessé de péricliter, et mon extrême faiblesse ne me permet pas d'achever aujourd'hui le récit des malheurs qui m'ont accablé pendant tant d'années. Adieu, mon ami, je vais prendre quelque repos, et j'espère, demain, pouvoir vous raconter la fin de ma déplorable histoire. A ces mots, le marquis me tendit la main et sortit.

Depuis le jour où j'avais retrouvé cet ami de mon enfance, un sentiment pénible occupait mon âme, et était devenu la source de toutes mes pensées. Le récit de ses malheurs m'affectait vivement, et cependant j'attendais toujours avec impatience le moment où il devait le continuer. Je passai le reste de la journée à faire des réflexions qui n'étaiant pas du tout propres à me faire envisager l'humaine espèce sous des couleurs bien séduisantes ; mais bientôt la nuit et le sommeil mirent un terme à mes sombres pensées, et lorsque je rouvris les yeux, le soleil, qui avait déjà fait le quart de sa course, m'annonça que le marquis ne tarderait pas à paraître : il vint en effet ; et après quelques complimens échangés entre nous, il acheva sa narration comme on le verra dans le chapitre suivant.

CHAPITRE XI.

Conclusion.

Je vous ai dit que mon médecin, reconnaissant l'insuffisance de son art pour me rendre les facultés physiques que j'avais perdues sans retour, avait consenti à m'entretenir des événemens qui avaient mis fin à la vie et aux crimes de Bardink et de ses complices. Voici à peu près en quels termes il s'exprima :

« Depuis long-temps lord Bardink était l'objet de la surveillance la plus active de la part des autorités de l'île. Les dépenses extraordinaires qu'il faisait, et qui ne s'accordaient point avec la fortune médiocre qu'on lui connaissait, avaient attiré les regards soupçonneux de la police, qui épiait ses moindres actions.

« Cependant tout se réduisait à des soupçons, et le monstre pouvait encore se soustraire à la justice qu'il bravait depuis si longtemps ; mais son dernier crime !

perdit. Depuis plusieurs mois il fréquentait l'habitation d'un riche planteur qui avait une fille charmante, dont Bardink convoitait la fortune et la main.

« Le planteur, séduit par le titre de lord que ce fourbe s'était donné, et par le luxe qu'il étalait, ne crut pouvoir mieux faire que de lui donner sa fille, et bientôt l'aimable Eugénie, qui comptait à peine quatorze printemps, prit le titre de lady. Le vieux colon avait donné à sa fille une dot considérable, à l'aide de laquelle Bardink fit encore quelque temps face aux dépenses énormes que nécessitait son train de vie; mais enfin cette somme s'épuisa, et une année n'était pas encore écoulée, que déjà Bardink fut contraint de recourir à ses expédiens accoutumés pour se procurer de nouvelles sommes.

« Le planteur était riche, ainsi que je vous l'ai dit, continua le médecin, et lady Bardink était la seule héritière de son immense fortune; mais, quoique le temps eût déjà blanchi les cheveux de ce vieillard, il jouissait d'une bonne santé, et une constitution robuste semblait lui promettre une longue carrière. Ce n'était pas là le compte du scélérat dont il avait fait son gendre, et qui brûlait de posséder les biens accumulés par son beau-père.

« Tout-à-coup le bruit se répandit que le père de lady Bardink venait de succomber à une maladie de quelques heures seulement, et les circonstances de cette mort, racontées de diverses manières, parurent si extraordinaires, que la police, qui, depuis longtemps avait les yeux ouverts sur la conduite du prétendu lord, crut devoir se mêler de cette affaire, qui prit bientôt une tournure très alarmante pour Bardink; cependant il pouvait encore espérer de se tirer de ce mauvais pas; mais un événement auquel il était loin de s'attendre acheva de le perdre.

« Un nègre, accablé du poids du crime qu'il avait commis, et poursuivi par les remords, vint se jeter aux pieds du gouverneur, et avoua qu'à la sollicitude de milord Bardink il avait jeté dans les alimens de son maître, beau-père du lord, une poudre blanche que Bardink lui avait donnée; et il ajouta que quelques heures après le vieux colon avait cessé de vivre. Cette révélation confirma les soupçons qui planaient depuis longtemps sur la tête du monstre. On Exhuma le corps du malheureux planteur dont Bardink avait déjà commencé à dissiper l'immense fortune.

« Plusieurs médecins furent appelés; j'étais du nombre de ces derniers, et nous reconnûmes promptement les traces du poison dans les intestins du colon. On avait mis le nègre en lieu de sûreté; le gouverneur fit aussitôt tous les préparatifs qu'il jugea nécessaires pour s'emparer de Bardink ; mais ce scélérat avait des espions jusque parmi les gens du gouverneur ; il fut promptement instruit de ce qui se passait, et ne pouvant espérer de quitter l'île, ni se dérober aux recherches dont il était l'objet, il espéra intimider le gouverneur par son intrépidité : il assembla autour de lui tous les gens qui lui étaient dévoués, leur fit jurer de se défendre jusqu'à la dernière extrémité ; et après avoir rassemblé les armes et les munitions dont il était abondamment pourvu, il attendit qu'on vînt l'attaquer. Il n'attendit pas long-temps, un fort détachement vint cerner l'habitation, et Bardink fut sommé de se rendre ;

il répondit que si la troupe ne se retirait sur-le-champ, il allait mettre le feu à vingt milliers de poudre qu'il avait dans ses caves. Ces braves ne furent pas effrayés de cette menace, et n'en commencèrent pas moins l'attaque.

«Bardink et ses infâmes complices déployèrent la plus vigoureuse résistance, et quelques soldats tombèrent sous leurs coups; mais cela ne fit que doubler le courage et l'ardeur des assaillans; ils pénètrent enfin dans l'intérieur, et poursuivent vivement les scélérats qui se défendent en désespérés; ces derniers se réfugièrent dans les caves, où nos soldats les suivirent de près et enfoncèrent les portes qui s'opposaient à leur passage.

Enfin Bardink, ne pouvant plus espérer de leur échapper, exécuta la fatale menace, et une détonation effroyable fit sauter la maison, qui ensevelit sous ses ruines Bardink, ses complices et les braves qui les avaient poursuivis jusque dans les souterrains.

« L'espoir de sauver quelques-uns de ces derniers fit qu'on pénétra, à force de travaux, jusqu'au lieu que vous habitiez depuis si longtemps. Mais vous êtes le seul qui soyez échappé aux coups du monstre, tous nos soldats horriblement mutilés avaient cessé de vivre. »

Ainsi finit le médecin, et lorsque j'eus recouvré le peu de forces auquel il m'était permis de prétendre, je revins en Angleterre, et là j'appris que toute ma famille, rentrée trop tôt en France, avait péri sur l'échafaud. Dès-lors, je ne formai plus d'autre vœu que celui de de retrouver un ami, et celui-là fut exaucé, puisque j'ai pu te serrer dans mes bras.

Lorsque le marquis de Berville eut achevé le récit de ses infortunes, je lui demandai la permission de rédiger son récit, et de le publier sous le titre de mémoires; il me l'accorda, et je me hâtai d'écrire ce qu'on vient de lire et dont je garantis l'authenticité, à moins pourtant que mon ami ne soit fou: ce qui, à la rigueur, est très-possible, car la folie est, dit-on, à l'ordre du jour.

FIN.

Bardink donna le signal aux scélérats dont il était le chef, afin que l'on nous conduisît dans ce vaste cachot...

www.ingramcontent.com/pod-product-compliance
Ingram Content Group UK Ltd.
Pitfield, Milton Keynes, MK11 3LW, UK
UKHW020353230726
13925UKWH00003B/1094

9 782014 042870